W0331002

Pour ma chère Sophie. Parce que dans la vie on n'est jamais à l'abri d'une belle rencontre, la nôtre restera gravée pour toujours dans mon cœur.

Sans elle, ce livre n'existerait pas, et moi non plus.

Merci Myriam, évidemment, pour ce magnifique texte que je suis si fier d'avoir illustré !

Merci aussi à Laurent, pour être toujours là lorsque le moulin tourne un peu trop vite.

Et un grand merci à Aude pour sa confiance, son soutien et son bel enthousiasme.

PAUL

Pour Justin, en espérant qu'il grandisse les pieds sur terre et la tête dans les nuages.

Merci à Paul pour ses magnifiques illustrations pleines de mystère, et à Aude pour sa confiance au fil des ans.

MYRIAM

© 2023, Éditions Glénat,
Couvent Sainte-Cécile, 37 rue Servan, 38000 Grenoble Cedex, France.
Loi n°49-956 du 16 juillet 1949 sur les publications destinées à la jeunesse,
modifiée par la loi n°2011-525 du 17 mai 2011.
Dépôt légal : novembre 2023
ISBN : 978-2-344-05679-0 / 001
Achevé d'imprimer en Roumanie en octobre 2023 par Rotolito Romania S.A.,
sur papier provenant de forêts gérées de manière durable.

Certifié PEFC
Ce produit est issu de forêts gérées durablement et de sources contrôlées
PEFC
PEFC/46-31-13
www.pefc.ro

La fille des quatre vents

Histoire
MYRIAM DAHMAN

Illustrations
PAUL ECHEGOYEN

Glénat jeunesse

On raconte qu'il y a bien longtemps, les quatre Vents parcouraient la Terre.

Il y avait Borée, le Vent du Nord et des montagnes, à la barbe couverte de cristaux de neige.
Euros, le vent de l'Est, des tempêtes d'automne et des naufrages en mer.
Notos, le vent du Sud, dont le souffle portait les orages d'été.

Et enfin, le vent d'Ouest, Zéphyr.
Contrairement à ses frères, c'était un vent doux et tiède.
Une brise de printemps.

Un soir, alors qu'il se promenait parmi les branches d'une forêt, Zéphyr entendit un cri.

Il le suivit, jusqu'au pied d'un vieux chêne. Là, posé sur la mousse et les pierres, emmitouflé dans des linges, un bébé fixait Zéphyr de ses grands yeux. L'enfant était seul, et la nuit tombait. Bientôt, les prédateurs nocturnes seraient là. On pouvait déjà voir des ombres se mouvoir dans les sous-bois, des yeux s'allumer entre les fougères.

Alors, Zéphyr prit le bébé et l'emmena dans la demeure où il vivait avec ses frères, par-delà les nuages. Les quatre Vents appelèrent l'enfant Ninlil, et l'élevèrent comme leur fille.

Là-haut, cachée dans l'immensité du ciel, Ninlil grandit.

Chaque matin, elle s'éveillait au milieu des nuages roses, et chaque nuit, les étoiles formaient un diadème scintillant au-dessus de sa tête.
Les quatre Vents allaient et venaient, entre leur demeure et le monde des humains.

Après chaque voyage, ils ramenaient à Ninlil des présents fabuleux : des coquillages et des perles aux reflets irisés, des larmes de glace si pures qu'elles semblaient faites de lumière, des bijoux d'or et d'argent, des fleurs dont le parfum embaumait sa chambre.

Mais dès que Ninlil leur posait des questions sur le monde d'en bas, les Vents se fermaient.

– Le monde est froid et cruel, disait Borée, il te brisera le cœur.

– Il est imprévisible et changeant, grondait Euros, il détruira tes rêves.

– Il est sec et amer, murmurait Notos, il fera couler tes larmes.

– **Promets-nous**, disait Zéphyr, **que tu resteras toujours ici**.

Ninlil promettait, mais elle ne pouvait empêcher ses pensées de retourner vers le monde des Hommes et ses mystères.

Un jour, alors qu'elle observait rêveusement les nuages, une pie vint se poser à côté d'elle. Ninlil lui sourit :
– Tu as de la chance de pouvoir voler, toi. Tu es libre de passer d'un monde à l'autre.

Aussitôt une fumée violette les entoura et la pie se transforma en une femme aux cheveux noirs et blancs.

Elle inclina la tête :
– Et qu'est-ce qui t'empêche de faire de même ?
Ninlil se leva, effrayée.
– Pardon, mais je n'ai pas le droit de parler aux inconnus.
– Je suis Pie, dit la femme. Et tu es Ninlil. Tu vois, nous ne sommes pas des inconnues.
Ninlil s'arrêta, interdite.
– Comment connaissez-vous mon nom ? demanda-t-elle.

Pie lui adressa un sourire énigmatique.
– Oh, mais tous les oiseaux connaissent ton nom ! Nous t'apercevons quand nous volons entre les nuages. Cela nous attriste de te savoir prisonnière, tu sais. Les oiseaux aiment la liberté.
– C'est pour mon bien, pour me protéger... murmura Ninlil. Et de toute façon, je ne peux rien y faire.
Une lueur gourmande s'alluma dans les yeux de Pie.
– J'ai vu tous les jolis présents que les Vents t'apportent, les bijoux brillants qui sont à ta fenêtre. Réfléchis : **un monde qui produit ces merveilles peut-il vraiment être si mauvais ?**
Et s'il l'était, pourquoi les Vents passeraient-ils leur temps à l'explorer ?
Ninlil resta silencieuse.
– Quant à ce que tu peux faire, et bien c'est très simple. Prends cette outre. Lorsque tu seras avec les quatre Vents, ouvre-la et récite cette formule.

Elle se pencha et chuchota dans l'oreille de Ninlil des mots magiques.
– Que leur arrivera-t-il ?
– Oh trois fois rien, dit la jeune femme en riant. Disons qu'ils te laisseront tranquille le temps de ta petite escapade.
Elle haussa les épaules.
– Mais après tout, rien ne t'oblige à le faire. **Tu peux aussi rester dans ta prison dorée.**
Puis, elle reprit l'apparence d'un oiseau et s'envola, laissant Ninlil seule avec ses pensées.

Pendant plusieurs jours, les mots de Pie hantèrent la jeune fille. Lorsqu'elle voyait l'un des Vents partir, la jalousie lui tordait le ventre, le dépit soufflait sur les braises de son cœur. Un soir, profitant d'un moment où les quatre Vents étaient de retour dans leur demeure, Ninlil prit son courage à deux mains, et leur demanda de la laisser explorer le monde d'en bas. Mais, à nouveau, ils refusèrent.

– Tu sais bien que c'est trop dangereux, lui dit Euros, les sourcils froncés.

Ninlil sentit la colère monter en elle.

– Alors pourquoi est-ce que vous y allez ?

– C'est dangereux pour toi, répondit Borée, pas pour nous.

Un poids lui écrasa la poitrine. Jamais ils ne la laisseraient partir, jamais ils ne lui feraient confiance. Elle promena ses yeux dans la pièce, sur tous les objets accumulés par les Vents. Pie avait raison, si elle ne faisait rien, elle vivrait toute sa vie dans une cage dorée. Prisonnière.

– Je ne suis plus une enfant, dit-elle.

Sa voix tremblait. Elle avait les poings crispés, la mâchoire serrée.

– Mais vous refusez de le voir.

D'un geste brusque, elle sortit l'outre de son sac et la déboucha.

– Alors, je vais devoir vous le montrer.

Ninlil ferma les yeux, et récita la formule que Pie lui avait chuchotée.

« Vents oisifs, la liberté a un prix, tournez, tournez, tournez,
Que vos ailes tracent un cercle infini, tournez,
tournez,
tournez. »

Lorsqu'elle ouvrit les yeux, les quatre Vents avaient disparu.

Une voix derrière elle la fit sursauter :
– Eh bien, je pensais que tu ne te déciderais jamais...
Ninlil se retourna et vit Pie sur le seuil de la porte d'entrée, un sourire froid aux lèvres.
La magicienne entra sans attendre d'invitation. Elle passa rêveusement le bout de ses doigts dans les perles et coquillages qui pendaient à l'une des fenêtres.
– Ne fais pas cette tête, dit Pie d'une voix mielleuse, c'est ce que tu voulais, non ?
La liberté ! Plus personne pour te dire quoi faire.

Elle s'installa sur l'un des fauteuils, caressant le velours de l'accoudoir.
– Mais ce serait dommage de laisser un aussi joli nid inoccupé. Après tout, les trésors appartiennent à ceux qui les prennent.
Ninlil la regarda, les yeux écarquillés. La peur avait chassé la colère.
– Qu'est-ce que vous faites ? Vous n'avez pas le droit !
– C'est là que tu te trompes. Quand on est le plus fort, on a tous les droits.
Et maintenant que les Vents ne sont plus là, je peux faire ce qui me chante.
C'est ça, être libre.

Ninlil recula d'un pas.
Pie ne lui avait jamais semblé aussi effrayante, étrangère, dangereuse.

Elle voulait que la magicienne disparaisse, qu'elle parte de chez elle.
– J'ai changé d'avis, dit Ninlil d'une petite voix.
Elle ouvrit l'outre et la tendit vers Pie en criant :
– Zéphyr, Borée, Notos, Euros, revenez ! Je vous libère !

Mais rien ne se passa.

Pie éclata de rire.

– Tu ne pensais tout de même pas que ce serait aussi simple.

Puis son visage redevint sérieux.

– Bien, tu voulais voir le monde d'en bas... Je ne voudrais surtout pas te retenir !
Elle tapa trois fois dans ses mains.

Aussitôt, une nuée d'oiseaux se précipita sur Ninlil.

Et ils l'entraînèrent, dans un tourbillon d'ailes
et de plumes, à travers les nuages.

Lorsque Ninlil reprit connaissance, elle était seule. La forêt autour d'elle était parfaitement silencieuse. Aucun bruit d'insecte, pas un souffle d'air pour agiter les branches ou faire frémir les feuilles.

Du coin de l'œil, elle aperçut un éclair roux, un renard qui disparut aussitôt dans les fougères.

Ninlil se releva. Un sentier serpentait parmi les arbres. Elle le suivit jusqu'à une route, puis suivit la route jusqu'à une ville.

Là, pour la première fois, elle vit d'autres humains, mais dès qu'elle s'approchait, ils lui jetaient des regards méfiants.

Elle les entendait chuchoter sur son passage.

– C'est pas naturel, j'vous dis, marmonnait une vieille femme. Même les nuages ne bougent plus. Ce qui est à l'ombre reste à l'ombre, et ce qui est au soleil reste au soleil.

– Pareil sur l'eau, pas un souffle pour pousser ma barque, disait un pêcheur.

– Y a un mauvais sort à l'œuvre derrière tout ça ! répétait une tisserande.

Ninlil baissa la tête
et passa son chemin.

Elle erra toute la journée, triste et esseulée.

Elle avait tant souhaité visiter le monde d'en bas, mais à présent tout lui semblait dur et sec, depuis le sol que foulaient ses pieds jusqu'au regard des Hommes sur elle.

Plus le temps passait, plus la soif lui asséchait la gorge, plus la faim lui tenaillait le ventre.

Au coucher du soleil, elle aperçut un enfant, assis sur le seuil d'une maison. Elle hésita un moment, puis trouva le courage de s'approcher :

– Excuse-moi, dit Ninlil timidement. Est-ce que tu sais où je peux trouver quelque chose à manger ?

– Va mendier ailleurs, cracha l'enfant.

– Je peux payer, bredouilla Ninlil en enlevant l'un de ses bracelets, j'ai juste besoin d'aide, je suis perdue...

Il lui prit le bracelet des mains, et afficha un sourire moqueur. Puis il se retourna et appela d'une voix forte :

– Aram, viens voir !

Un jeune homme qui lui ressemblait comme un frère sortit de la maison. En apercevant le bracelet, il laissa échapper un sifflement admiratif.

– Et on peut savoir où tu as trouvé ça, voleuse ?

Ninlil cligna des yeux, incertaine. Mais Aram lui saisit le poignet :

– On n'aime pas beaucoup les étrangers par ici, surtout quand il se passe des choses bizarres. Qui nous dit que tu n'es pas une sorcière comme le sauvage qui vit dans les bois ?

Si ça se trouve, c'est à cause de toi que le vent a disparu !

– Non, lâchez-moi ! cria Ninlil.

L'enfant la regardait d'un air mauvais.

– Elle a peut-être volé d'autres choses, des colliers, des bagues... Tu devrais la fouiller, Aram.

Ninlil dégagea son poignet et recula, vive et légère comme la brise. Elle se mit à courir vers la forêt, sans se retourner.

Elle courut longtemps, sans prendre garde aux branches qui lui écorchaient les bras ni aux battements effrénés de son cœur.

Finalement, à bout de souffle, Ninlil se laissa tomber au pied d'un arbre. Son visage était barbouillé de larmes et de poussière. Une tristesse glacée lui enserrait la poitrine.

Les Vents avaient raison, le monde d'en bas était amer et cruel. Jamais elle n'aurait dû s'y aventurer.

– **Oh, Zéphyr, Notos, Euros, Borée, pardon**, murmura-t-elle, **je regrette tellement**...

Mais personne ne lui répondit.

Elle finit par s'endormir, blottie entre les racines de l'arbre.

Le contact d'un museau chaud contre sa joue la réveilla. Lorsqu'elle ouvrit les yeux, un renard se tenait à côté d'elle et la contemplait en silence. Il faisait nuit, et la pleine lune éclaboussait l'herbe de flaques d'argent.

Le renard fit quelques pas, puis s'arrêta et regarda à nouveau Ninlil.

Ses yeux ambrés semblaient l'appeler.

Alors Ninlil se leva
et le suivit à travers la forêt.

Elle arriva à une clairière. Là, niché contre le tronc d'un arbre gigantesque, se trouvait un large terrier dont l'entrée était dissimulée par une couverture.

Un jeune homme, du même âge que Ninlil et aux cheveux d'un roux flamboyant, se tenait devant.

– Tu es le magicien dont on m'a parlé, dit Ninlil, tandis que les paroles d'Aram lui revenaient en mémoire.

– Et toi la fille tombée du ciel, répondit le jeune homme en grattant l'oreille du renard. Mon frère t'a vue ce matin.

Avec un sourire, il fit signe à Ninlil de le suivre.

– Je m'appelle Renard. Entre.

La tanière était beaucoup plus vaste que ce que Ninlil aurait pu imaginer, et meublée d'objets étranges et fascinants. Des carrés de tissu pendaient à des fils tendus, des masques la fixaient de leurs yeux creux, des symboles colorés éclaboussaient les murs.

Renard lui servit un bol de soupe chaude, du pain et une généreuse lamelle de beurre.

En mangeant, Ninlil lui raconta sa rencontre avec Pie, et comment, en répétant ses mots maléfiques, elle avait enfermé les Vents et perdu sa maison.

Renard écoutait attentivement, une braise de colère au fond de ses yeux ambrés.

– **Pie agit comme si elle n'appartenait pas au même monde que nous**, dit-il finalement.
Elle met en danger la vie de tous, et tout ça pour quoi ? Vivre entourée de bijoux, accumuler les richesses et les objets précieux. Quel intérêt si le reste du monde dépérit ?

On peut être libre sans être égoïste.

– Je n'aurais jamais dû l'écouter, murmura Ninlil. Est-ce que tu peux m'aider ?

Renard frotta ses mains l'une contre l'autre.
– Je ne peux pas les libérer, soupira-t-il. Cela va au-delà de mes pouvoirs.

Il esquissa un faible sourire.
– Mais je peux t'envoyer là où ils sont. Si tu le souhaites.

Ninlil hocha la tête.

Renard alluma une bougie, puis il disposa des branches, des feuilles et des fleurs séchées en cercle autour. Il prit une poignée de cendres et la laissa couler lentement, traçant des symboles étranges tout en psalmodiant à voix basse. Il semblait à Ninlil que les symboles peints sur les murs devenaient de plus en plus brillants, comme éveillés par les paroles du jeune homme.

– Fais attention, là-bas. Et prépare-toi, murmura-t-il. Les Vents seront prisonniers d'un sort. Tu devras leur rappeler qui ils sont.

– Mais s'ils ne m'écoutent pas ? demanda Ninlil.

– Tu es leur fille, répondit Renard, ils devront bien t'écouter !

Il avança la bougie vers Ninlil.

– Maintenant, pense à eux, et souffle la flamme.

Ninlil ferma les yeux et, dans son esprit, elle entendit la voix de Notos, elle revit le sourire de Zéphyr, le regard fier et buté de Borée, elle sentit l'odeur d'embrun d'Euros.

Elle prit une inspiration et souffla.

Lorsqu'elle ouvrit les yeux, Renard et sa tanière avaient disparu.

Ninlil était seule dans une étendue grise et brumeuse, au pied d'un gigantesque moulin à vent.

Là, poussant chacun une aile, les quatre Vents tournaient,
et tournaient,
et tournaient.

Elle les reconnut à peine. Leurs yeux étaient voilés, leurs regards absents. Ninlil cria, aussi fort qu'elle le put pour masquer le grincement assourdissant qui emplissait l'air.

Mais ils continuaient à tourner sans lui prêter attention.

Finalement, elle prit une inspiration et parla d'une voix forte :

– **Borée, écoute mes paroles !** Toi qui m'as appris à être forte et fière comme les montagnes, **souviens-toi de ton nom !**

Et dans une bourrasque, Borée brisa l'aile du moulin et s'échappa.

– **Euros, prête attention à mes mots** ! Toi qui m'as montré la fureur des tempêtes des mers. **Souviens-toi de ton nom !**

Un claquement sec résonna dans l'air, comme une voile qui se tend, et dépassant l'aile du moulin, Euros disparut à son tour.

– **Notos, entends-moi !** Toi qui m'as fait aimer l'imprévisibilité des orages d'été. **Souviens-toi de ton nom !**

Notos poussa un grondement de colère, et changeant soudainement de direction, il lâcha l'aile et recouvra sa liberté.

Il ne restait plus qu'un seul Vent prisonnier. Ninlil cria :

– **Zéphyr, tends l'oreille !** Toi qui fais fondre la neige et fleurir les prairies. **Souviens-toi de ton nom.**

Mais Zéphyr continuait de tourner, le regard vide.

Ninlil sentit des larmes lui embuer les yeux.

– Vous aviez raison, le monde peut être froid, et cruel, et amer, et imprévisible. Mais j'y ai aussi trouvé de l'aide et de l'amitié quand j'en avais besoin. Je t'en prie, Zéphyr, toi qui m'as trouvée, toi qui m'as élevée, toi qui m'as appris la bonté et la générosité, **souviens-toi de ton nom – ou sinon, prends le mien.**

Peu à peu, le moulin ralentit, jusqu'à s'arrêter complètement, et Zéphyr se laissa glisser jusqu'à Ninlil. Ses yeux avaient retrouvé leur éclat. Il la prit dans ses bras.

– Ninlil, dit-il, je me souviens.

Et ensemble, ils retournèrent vers le monde des Hommes.

On raconte qu'il y a bien longtemps, les quatre Vents avaient une fille.

Elle était lumineuse comme les cristaux de neige, intrépide comme les tempêtes en mer, imprévisible comme les orages d'été. Mais elle pouvait aussi être douce et rêveuse, comme une brise de printemps.

Elle aimait parcourir le monde, en visiter les moindres recoins. Souvent, elle se fondait dans la foule, anonyme, inconnue, étrangère. Car il n'y a qu'ainsi qu'on peut juger du cœur des Hommes.

Mais certains détails trahissaient sa présence.

Lorsqu'elle arrivait quelque part, un silence semblait envelopper les lieux.

Le vent se calmait.

Les oiseaux se taisaient.

Et l'on ne voyait pas l'ombre d'une pie.